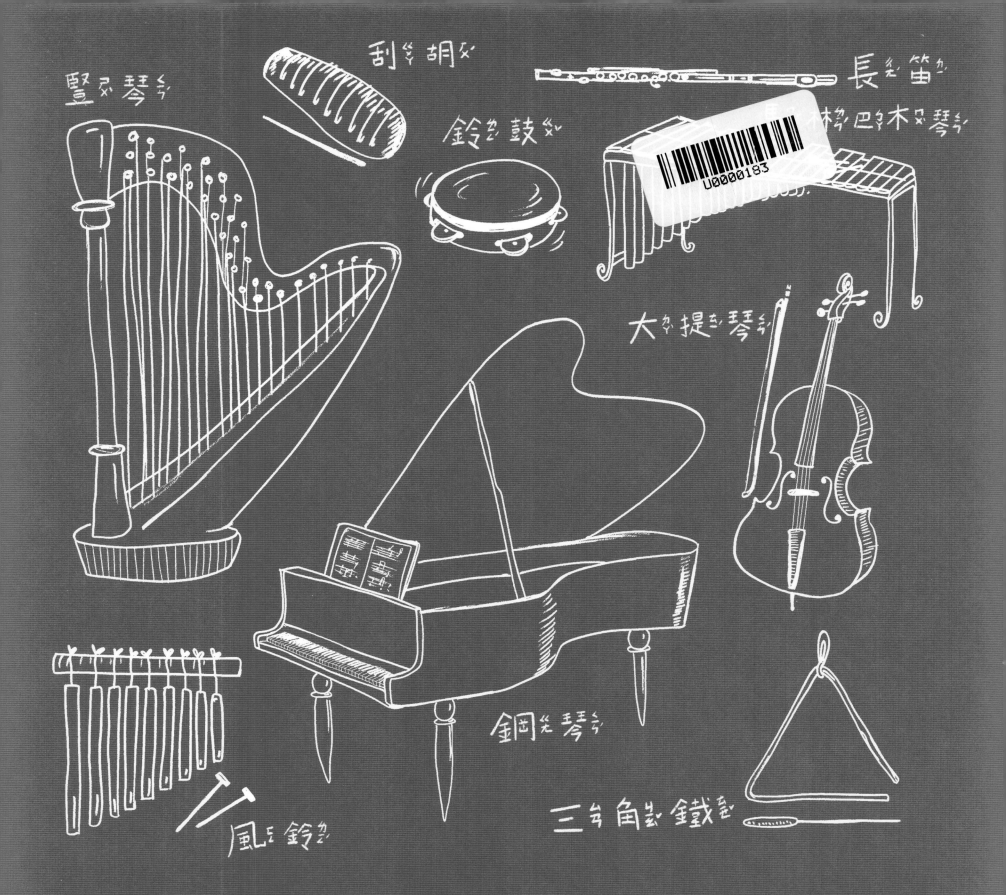

豎ㄕㄨˋ琴ㄑㄧㄣˊ

刮ㄍㄨㄚ胡ㄏㄨˊ

鈴ㄌㄧㄥˊ鼓ㄍㄨˇ

長ㄔㄤˊ笛ㄉㄧˊ

馬ㄇㄚˇ林ㄌㄧㄣˊ巴ㄅㄚ木ㄇㄨˋ琴ㄑㄧㄣˊ

大ㄉㄚˋ提ㄊㄧˊ琴ㄑㄧㄣˊ

鋼ㄍㄤ琴ㄑㄧㄣˊ

風ㄈㄥ鈴ㄌㄧㄥˊ

三ㄙㄢ角ㄐㄧㄠˇ鐵ㄊㄧㄝˇ

指揮家老鼠的悄悄話！

噓！

這可不是一般的書。
這是一本可以看，
更可以聽的書。
只要用手機解開這個方塊謎釦，
音樂馬上就會縈繞在你四周。

獻給我的母親，她從我出生那天開始，就和我分享她對音樂的熱愛。——丹·布朗

獻給羅伯特，他教會我生命中最動人的旋律。——蘇珊·巴托利

在此，作者誠摯地向全體《動物狂想曲》團隊致謝

特別感謝Dani Valladares、Nicole de las Heras、Mallory Loehr、 Barbara Marcus、Amy Bowman、Heide Lange、Bob Lord，和蘇珊·巴托利

藍小說310

動物狂想曲

作者｜丹·布朗 · 繪者｜蘇珊·巴托利 · 譯者｜劉清彥 · 編輯｜張瑋庭 · 美術設計｜賴佳韋工作室

董事長｜趙政岷 · 副總編輯｜嘉世強 · 出版者｜時報文化出版企業股份有限公司(108019臺北市和平西路三段240號3樓)
發行專線｜（02）2306-6842 · 讀者服務專線｜0800-231-705 （02）2304-7103 · 讀者服務傳真｜（02）2304-6858
郵撥｜1934-4724時報文化出版公司 · 信箱｜（10899）臺北華江橋郵局第99信箱
時報悅讀網｜http://www.readingtimes.com.tw · 電子郵件信箱｜liter@readingtimes.com.tw
法律顧問｜理律法律事務所 陳長文律師、李念祖律師
印刷｜和楹印刷有限公司 · 初版一刷｜二〇二一年三月二十六日 · 初版四刷｜二〇二三年二月六日 · 新臺幣｜五〇〇元
ISBN 978-957-13-8407-8 · Printed in Taiwan

Wild Symphony

Dan Brown | Composer

Performed by the Zagreb Festival Orchestra

Bob Lord | Producer · Karl Blench | Orchestrator · Miran Vaupotić | Conductor · Jeff LeRoy | Audio Production Manager · Krešimir Seletković | Recording Producer ·
Jan Košulič | Lead Recording and Mixing Engineer · Tin Matijević | Orchestra Manager · Levi Brown | Recording Session Director · Lucas Paquette | Audio Director · Ivana Hauser | Orchestra Director ·
Emma Terrell | Assistant, Preproduction · Oliver Đorđević | Orchestra Coordinator · Gregory Brown | Musical Consultant · Marko Pletikosa | Videographer

Mastered by Adam Ayan at Gateway Mastering Studios

PARMA Recordings Production Staff:
Robert Leavitt · Janet Giovanniello · Sam Renshaw · Brett Picknell · Peter M. Solomon

Recorded at Blagoje Bersa Concert Hall, Academy of Music, University of Zagreb (Dalibor Cikojević, Dean)

Violin I: Sho Akamatsu | Concertmaster; Soloist, "Maestro Mouse Reprise" · Anton Kyrylov | Concertmaster; Soloist, "Eager Elephant" · Janez Podlesek | Concertmaster; Soloist, "The Ray," "Spider on a Web" ·
Marco Graziani | Concertmaster · Lana Adamović · Davide Albanese · Marija Bašić · Dunja Bontek · Marta Bratković · Ivana Čuljak · Žiga Faganel · Đana Kahriman · Saki Kodama · Teodora Sucala Matei · Marijan Modrušan ·
Barbara Polšek Sokolović · Vinka Fabris Stančec · Sergii Vilchynskyi | **Violin II:** Evgenia Epshtein | Soloist, "Spider on a Web" · Val Bakrač · Krešimir Bratković · Veronika Fišter · Tomislav Ištok · Vera Kurova · Mislav Pavlin ·
Leopold Stašić · Tanja Tortić · Branimir Vagroš · Kruno Vidović | **Viola:** Lucija Brnadić | Soloist, "Spider on a Web" · Marija Andrejaš · Natalia Anikeeva · Marta Balenović · Nebojša Floreani · Aleksandar Jakopanec · Igor Košutić ·
Pavla Kovač · Jasna Simonović Mrčela · Tvrtko Pavlin · Magda Skaramuca · Tajana Škorić · Domagoj Ugrin | **Cello:** Branimir Pustički | Soloist, "Wondrous Whale," "Spider on a Web" · Adam Chelfi · Oliver Đorđević · Alja Mandič Fa-
ganel · Vanda Janković · Petra Kušan · Jurica Mrčela · Vinko Rucner | **Double Bass:** Helena Babić · Nikša Bobetko · Petar Brčarević · Borna Dejanović · Ivan Gazibara · Oleg Gourskii · Antal Papp · Marko Radić · Saša Špoljar · Jurica
Štelma | **Flutes & Piccolo:** Ana Batinica | Flute · Danijela Klarić Mimica | Flute, Alto Flute, Piccolo · Lucija Rašeljka Petrač | Flute, Alto Flute, Piccolo · Dijana Bistrović | Alto Flute, Piccolo | **Oboe & English Horn:**
Sanae Mizukami | Oboe · Vittoria Palumbo | Oboe · Iva Ledenko | Oboe, English Horn · Ema Abadžieva | English Horn | **Clarinet:** Dunja Paprić · Bruno Philipp · Marcelo Zelenčić | **Bass Clarinet:** Lovre Lučić · Danijel Martinović |
Bassoon & Contrabassoon: Petar Križanić | Bassoon · Anita Magdalenić | Bassoon · Istvan Matay | Bassoon · Vasko Lukas | Bassoon, Contrabassoon · Damir Pulig | Contrabassoon | **Horn:** Yevhen Churikov · Bank Harkay ·
Viktor Kirčenkov · Antonio Pirrotta · Nikola Zver | **Trumpet:** Ivan Đuzel | Soloist, "Anxious Ostrich" · Mario Lončar | Soloist, "Anxious Ostrich" · Tomica Rukljić | **Trombone:** Zvonimir Marković · Ivan Mučić · Bruno Petak ·
Marin Rabadan | **Tuba:** Željko Kertez | Soloist, "Happy Hippo" | **Timpani & Percussion:** Krunoslav Benko | Percussion, Woodblocks Soloist, "Impatient Ponies" · Tomislav Kovačić | Percussion, Timpani Soloist, "Bouncing
Kangaroo" · Leonardo Losciale | Percussion, Crotales Soloist, "The Ray" · Hrvoje Sekovanić | Percussion, Timpani · Luis Camacho Montealegre | Percussion · Renato Palatinuš | Percussion · Fran Krsto Šercar | Percussion |
Harp: Milica Pašić | Soloist, "Spider on a Web" · Mirjana Krišković · Hana Paraušić | **Piano & Celeste:** Ljudmila Šumarova | Prepared Piano Soloist, "The Armadillo's Shell"

動物狂想曲

文·作曲

丹·布朗 Dan Brown

Wild Symphony

圖／蘇珊·巴托利　譯／劉清彥

指揮家老鼠

我是你的嚮導，指揮家老鼠，
快和我一起踏上，這趟瘋狂的旅途！

你會認識我的朋友；他們有趣又聰明，
我想你一定會愛上他們。

他們住在樹梢、叢林和池塘，
也出沒在草原和深深的海洋。

他們會教你新奇的東西，
這堂屬於你的課非常神祕。

我的朋友和我有一個計畫——
你想猜猜看是什麼嗎？

睜大眼睛，仔細聽，
你會喜歡我們的大驚喜！

我還會在沿途藏一些小線索，
看看你能不能找出來將它們解鎖。

一起來玩吧！

林中小鳥的歡迎詞

當日出的光芒開始閃耀，
林中的小鳥全都向你問好。
嘎嘎、嗚嗚、嘰嘰、啾啾，
咯咯、咕咕、吱吱、啁啁。
全都是那些鳥兒在吵吵鬧鬧！
這些鳥語混亂、嘈雜又聒噪！
但是只要你把腳步停一停，
就能聽見每隻鳥獨特的歌聲。

就算生活亂七八糟，還是可以隨處發現美麗的事物。

蹦蹦跳跳的袋鼠

袋鼠、袋鼠、袋鼠喲，
請教我像你一樣蹦蹦跳跳。
一會兒跳得高，一會兒跳得低，
想跳到哪裡，就跳到哪裡！
邊跳邊跑，砰砰砰！砰砰砰！
邊跳邊玩，咚咚咚！咚咚咚！
邊跳邊吃，嘖嘖嘖！嘖嘖嘖！
邊跳邊睡，呼嚕嚕！呼嚕嚕！
當你擺動自己的袋鼠尾巴，
沿著袋鼠足跡跳啊、跳啊，
我好希望，希望能跳得像你一樣
我也想要像袋鼠一樣棒！

欣賞別人的能力是很棒的事，
但別忘了你也有自己獨特的才能。

笨手笨腳的貓咪

跳到這裡，落在那裡，
從桌面跳到廚房的座椅，
從樹跳到籬笆，從門廊跳到屋頂，
從地板跳到沙發，從凳子跳到——咚！
就算他們偶爾跌下來，
也一點都不覺得意外。
他們總是用腳著地，
從不會因為失敗哭泣。
生命中的各種絆跌和犯錯，
貓咪都會從中學到功課。

跌倒也是生命的一部分，
重要的是趕快站起來！

魟ㄏㄨㄥˊ 魚ㄩˊ

雙ㄕㄨㄤ髻ㄐㄧˋ鯊ㄕㄚ和海ㄏㄞˇ鰻ㄇㄢˊ會ㄏㄨㄟˋ大ㄉㄚˋ聲ㄕㄥ告ㄍㄠˋ訴ㄙㄨˋ你ㄋㄧˇ
他ㄊㄚ們ㄇㄣ有ㄧㄡˇ多ㄉㄨㄛ反ㄈㄢˇ感ㄍㄢˇ，
但ㄉㄢˋ魚ㄩˊ群ㄑㄩㄣˊ只ㄓˇ是ㄕˋ驚ㄐㄧㄥ嘆ㄊㄢˋ的ㄉㄜ看ㄎㄢˋ著ㄓㄜˋ，
魟ㄏㄨㄥˊ魚ㄩˊ緩ㄏㄨㄢˇ緩ㄏㄨㄢˇ的ㄉㄜ滑ㄏㄨㄚˊ過ㄍㄨㄛˋ，
強ㄑㄧㄤˊ壯ㄓㄨㄤˋ、安ㄢ靜ㄐㄧㄥˋ又ㄧㄡˋ優ㄧㄡ雅ㄧㄚˇ，
你ㄋㄧˇ能ㄋㄥˊ像ㄒㄧㄤˋ魟ㄏㄨㄥˊ魚ㄩˊ一ㄧˊ樣ㄧㄤˋ嗎ㄇㄚ？

有ㄧㄡˇ時ㄕˊ候ㄏㄡˋ，大ㄉㄚˋ聲ㄕㄥ喧ㄒㄩㄢ鬧ㄋㄠˋ並ㄅㄧㄥˋ不ㄅㄨˊ是ㄕˋ引ㄧㄣˇ起ㄑㄧˇ注ㄓㄨˋ意ㄧˋ，最ㄗㄨㄟˋ好ㄏㄠˇ的ㄉㄜ方ㄈㄤ式ㄕˋ，安ㄢ靜ㄐㄧㄥˋ優ㄧㄡ雅ㄧㄚˇ反ㄈㄢˇ而ㄦˊ效ㄒㄧㄠˋ果ㄍㄨㄛˇ更ㄍㄥˋ好ㄏㄠˇ。

快樂的河馬

河馬喜歡泥濘的池塘，
有濃密的青草讓他咀嚼品嚐。
只要能漂浮和吃青草，
他就會笑得很甜——
待在自己家裡，吃著自己的午餐。
他不會渴望擁有天空，
生命太短暫，不要哭泣悲鳴。
他只想噗通跳下水，開心得唱——
生活就是這麼單純！

有時候，你被困在生命的混亂狀態中就會忘了享受微小的事物。

泥塘裡的青蛙

嘓嘓嘓、呱呱呱，快樂的青蛙，
一起在泥塘裡唱啊唱。
大青蛙、小青蛙、還有胖青蛙，
綠的、棕的，甚至藍色的青蛙，
沒有誰對誰錯，
大家只是盡情唱和。

高矮、胖瘦和膚色人人不同，
如果我們一起合作，
就能創造美妙的音樂。

不ㄅㄨˋ安ㄢ的ㄉㄜ˙鴕ㄊㄨㄛˊ鳥ㄋㄧㄠˇ

當ㄉㄤ她ㄊㄚ覺ㄐㄩㄝˊ得ㄉㄜ˙不ㄅㄨˋ安ㄢ或ㄏㄨㄛˋ壓ㄧㄚ力ㄌㄧˋ沉ㄔㄣˊ重ㄓㄨㄥˋ，

就ㄐㄧㄡˋ會ㄏㄨㄟˋ把ㄅㄚˇ頭ㄊㄡˊ埋ㄇㄞˊ進ㄐㄧㄣˋ土ㄊㄨˇ中ㄓㄨㄥ。

她ㄊㄚ在ㄗㄞˋ那ㄋㄚˋ裡ㄌㄧˇ找ㄓㄠˇ到ㄉㄠˋ一ㄧˋ處ㄔㄨˋ平ㄆㄧㄥˊ靜ㄐㄧㄥˋ的ㄉㄜ˙地ㄉㄧˋ方ㄈㄤ，

一ㄧˋ點ㄉㄧㄢˇ都ㄉㄡ不ㄅㄨˊ會ㄏㄨㄟˋ覺ㄐㄩㄝˊ得ㄉㄜ˙不ㄅㄨˊ恰ㄑㄧㄚˋ當ㄉㄤ。

但ㄉㄢˋ這ㄓㄜˋ個ㄍㄜˋ躲ㄉㄨㄛˇ藏ㄘㄤˊ的ㄉㄜ˙把ㄅㄚˇ戲ㄒㄧˋ很ㄏㄣˇ快ㄎㄨㄞˋ就ㄐㄧㄡˋ結ㄐㄧㄝˊ束ㄕㄨˋ，

（因ㄧㄣ為ㄨㄟˋ她ㄊㄚ要ㄧㄠˋ找ㄓㄠˇ朋ㄆㄥˊ友ㄧㄡˇ或ㄏㄨㄛˋ吃ㄔ食ㄕˊ物ㄨˋ）。

她ㄊㄚ只ㄓˇ要ㄧㄠˋ躲ㄉㄨㄛˇ一ㄧˋ小ㄒㄧㄠˇ段ㄉㄨㄢˋ時ㄕˊ間ㄐㄧㄢ，

就ㄐㄧㄡˋ會ㄏㄨㄟˋ重ㄔㄨㄥˊ新ㄒㄧㄣ有ㄧㄡˇ力ㄌㄧˋ量ㄌㄧㄤˋ面ㄇㄧㄢˋ對ㄉㄨㄟˋ這ㄓㄜˋ一ㄧˋ天ㄊㄧㄢ！

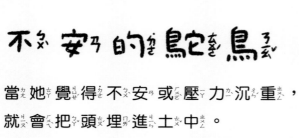

當ㄉㄤ你ㄋㄧˇ覺ㄐㄩㄝˊ得ㄉㄜ˙筋ㄐㄧㄣ疲ㄆㄧˊ力ㄌㄧˋ盡ㄐㄧㄣˋ，
讓ㄖㄤˋ自ㄗˋ己ㄐㄧˇ放ㄈㄤˋ鬆ㄙㄨㄥ一ㄧˊ下ㄒㄧㄚˋ沒ㄇㄟˊ關ㄍㄨㄢ係ㄒㄧˋ。

犰狳的殼

犰狳真的很聰明，
他有堅硬的殼和柔軟的心。
日子不好過就縮進殼裡面，
把讓他難過的事擋在外面。
可是當日子變得非常美麗，
他就會理所當然展開自己。
他不害怕表達自己的心意，
這樣才能建立真正的友誼。

把不好的事情阻隔在外沒有關係，
但也不要忘記適時展開，
並且邀請美好的事物進來。

跳舞的野豬

有一次我走進叢林，
聽見一些咕嚕咕嚕粗暴的聲音。
我輕手輕腳的走近探險，
看見一群醜醜的野豬在叫喊。
他們不斷發出聲音的口鼻很嚇人，
向上翹的獠牙尖銳又毛茸茸。
然後，眼前的景象嚇了我一跳，
野豬竟然追著蝴蝶跳啊跳！
他們旋轉、扭動，盡情的跳舞；
他們嬉戲、玩鬧，一點不疑惑。
他們的臉看起來凶猛又骯髒，
我猜有些事物不像表面看起來那樣。

有時候，美好的事物會藏在醜醜的包裝裡。

急躁的小馬

喜歡快跑飛奔，從不慢慢晃蕩，
討厭只待在一個地方。
繞著圈圈跑，生命是一場競賽，
腳步也必須越來越快！
只能向前看，不能低頭瞧，
就算錯過了地上的苜蓿草。
隨著明天即將來到你面前，
也別忘了先好好把握今天！

明天很快就來到，放慢腳步
好好享受今天！

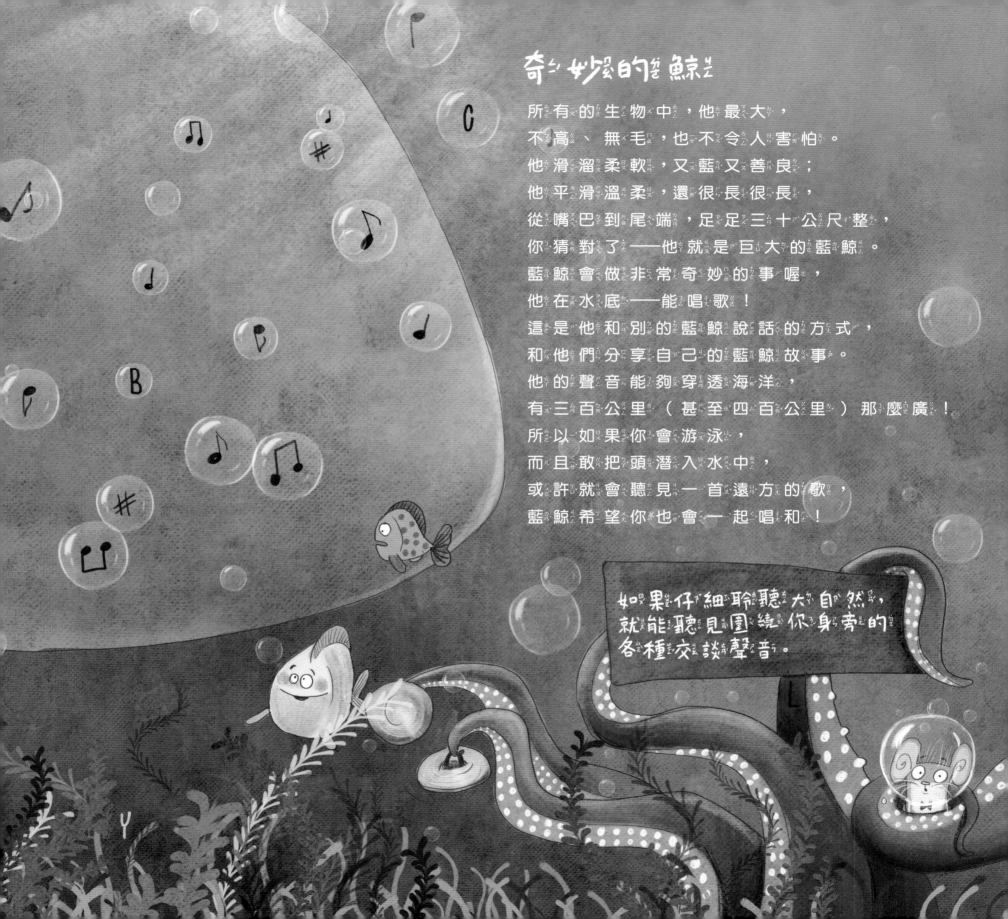

奇妙的鯨

所有的生物中，他最大，
不高、無毛，也不令人害怕。
他滑溜柔軟，又藍又善良；
他平滑溫柔，還很長很長，
從嘴巴到尾端，足足三十公尺整，
你猜對了——他就是巨大的藍鯨。
藍鯨會做非常奇妙的事喔，
他在水底——能唱歌！
這是他和別的藍鯨說話的方式，
和他們分享自己的藍鯨故事。
他的聲音能夠穿透海洋，
有三百公里（甚至四百公里）那麼廣！
所以如果你會游泳，
而且敢把頭潛入水中，
或許就會聽見一首遠方的歌，
藍鯨希望你也會一起唱和！

如果仔細聆聽大自然，
就能聽見圍繞你身旁的
各種交談聲音。

花豹的追捕

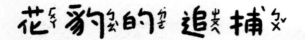

她蹲得很低很低，你看不見她的身影，

慢慢的……慢慢的……慢慢的……前進。

就算你瞇著眼睛，仔細看，

還是看不見……什麼也看不見。

然後，咻！一道毛茸茸的黃色閃電！

一束閃耀斑點的光！花豹身影模糊難辨！

她能瞬間移動，從最慢到全速前進，

只要一個心跳的時間！

不過，花豹沒有辦法一直維持

像這樣全力衝刺，

所以她得停下來喘氣和休息。

（猴麵包樹最適合小憩。）

她打了個呵欠……開始打呼，

然後，咻！她就能跑得更快速！

全力以赴非常重要！
但也別忘了
休息和補充能量。

熱心的大象

答答——答！噹噹——噹！
跟我一起這樣唱。
沒錯，有點難，
但是她不害怕失敗，
她很快就能跟上來！
媽媽教唱，寶寶學歌，
哥哥躲在羊齒蕨裡笑呵呵。
最後，她終於唱對了！
答答——答！他們整晚跳舞真快樂！

沒有人一開始就能做對，
只要不斷練習就能跟上。

請你跟我這樣做！

找出每一頁躲起來的小蜜蜂！

認識動物！

打開手機的APP鏡頭對著頁面就可以聽見音樂

學會重要的事

找出每一頁藏起來的英文字母拼出樂器的英文單字

在這本與眾不同的書中，
每隻動物都有
專屬的音樂！

請跟著下列步驟，聆聽音樂

❶ 請先下載「動物狂想曲」APP。

❷ 打開APP程式，將手機對準每一頁，
即可聆聽每隻動物的音樂。

❸ 或者，掃描本書第一頁的 QR code，
連上官網 WildSymphony.com，下載APP。

沒有智慧型
手機也不用擔心！
書中的音樂在各
大音樂串流平台
都可以聆聽

動ㄉㄨㄥˋ物ㄨˋ字ㄗˋ母ㄇㄨˇ
謎ㄇㄧˊ底ㄉㄧˇ揭ㄐㄧㄝ曉ㄒㄧㄠˇ

每ㄇㄟˇ種ㄓㄨㄥˇ動ㄉㄨㄥˋ物ㄨˋ藏ㄘㄤˊ起ㄑㄧˇ來ㄌㄞˊ的ㄉㄜ密ㄇㄧˋ碼ㄇㄚˇ, 你ㄋㄧˇ發ㄈㄚ現ㄒㄧㄢˋ了ㄌㄜ嗎ㄇㄚ?

把ㄅㄚˇ英ㄧㄥ文ㄨˊ字ㄗˋ母ㄇㄨˇ組ㄗㄨˇ合ㄏㄜˊ起ㄑㄧˇ來ㄌㄞˊ, 答ㄉㄚˊ案ㄢˋ就ㄐㄧㄡˋ在ㄗㄞˋ下ㄒㄧㄚˋ方ㄈㄤ:

林ㄌㄧㄣˊ中ㄓㄨㄥ小ㄒㄧㄠˇ鳥ㄋㄧㄠˇ —— 長ㄔㄤˊ笛ㄉㄧˊ (FLUTE)

袋ㄉㄞˋ鼠ㄕㄨˇ —— 定ㄉㄧㄥˋ音ㄧㄣ鼓ㄍㄨˇ (TIMPANI)

貓ㄇㄠ咪ㄇㄧ —— 鋼ㄍㄤ琴ㄑㄧㄣˊ (PIANO)

魟ㄏㄨㄥˊ魚ㄩˊ —— 三ㄙㄢ角ㄐㄧㄠˇ鐵ㄊㄧㄝˇ (TRIANGLE)

河ㄏㄜˊ馬ㄇㄚˇ —— 低ㄉㄧ音ㄧㄣ大ㄉㄚˋ提ㄊㄧˊ琴ㄑㄧㄣˊ (BASS)

青ㄑㄧㄥ蛙ㄨㄚ —— 單ㄉㄢ簧ㄏㄨㄤˊ管ㄍㄨㄢˇ (CLARINET)

鴕ㄊㄨㄛˊ鳥ㄋㄧㄠˇ —— 低ㄉㄧ音ㄧㄣ管ㄍㄨㄢˇ (BASSOON)

犰ㄑㄧㄡˊ狳ㄩˊ —— 刮ㄍㄨㄚ胡ㄏㄨˊ (GUIRO)

野ㄧㄝˇ豬ㄓㄨ —— 低ㄉㄧ音ㄧㄣ號ㄏㄠˋ (TUBA)

小ㄒㄧㄠˇ馬ㄇㄚˇ —— 鈴ㄌㄧㄥˊ鼓ㄍㄨˇ (TAMBOURINE)

藍ㄌㄢˊ鯨ㄐㄧㄥ —— 銅ㄊㄨㄥˊ鈸ㄅㄚˊ (CYMBALS)

花ㄏㄨㄚ豹ㄅㄠˋ —— 大ㄉㄚˋ提ㄊㄧˊ琴ㄑㄧㄣˊ (CELLO)

大ㄉㄚˋ象ㄒㄧㄤˋ —— 長ㄔㄤˊ號ㄏㄠˋ (TROMBONE)

老ㄌㄠˇ鼠ㄕㄨˇ —— 沙ㄕㄚ鈴ㄌㄧㄥˊ (MARACAS)

甲ㄐㄧㄚˇ蟲ㄔㄨㄥˊ —— 馬ㄇㄚˇ林ㄌㄧㄣˊ巴ㄅㄚ木ㄇㄨˋ琴ㄑㄧㄣˊ (MARIMBA)

蜘ㄓ蛛ㄓㄨ —— 豎ㄕㄨˋ琴ㄑㄧㄣˊ (HARP)

蝙ㄅㄧㄢ蝠ㄈㄨˊ —— 風ㄈㄥ鈴ㄌㄧㄥˊ (BELLS)

天ㄊㄧㄢ鵝ㄜˊ —— 法ㄈㄚˇ國ㄍㄨㄛˊ號ㄏㄠˋ (FRENCH HORN)

蟋ㄒㄧ蟀ㄕㄨㄞˋ —— 小ㄒㄧㄠˇ提ㄊㄧˊ琴ㄑㄧㄣˊ (VIOLIN)

老鼠的 進擊！

老鼠一來你就又跑又躲，
匆忙逃開，還一直發抖。
但如果你停下來，反過來想一想，
就會明白，其實老鼠也一樣。
你更高大、更聰明，
叫聲也更響亮，
應該逃走的是老鼠——
不是你！

有時候我們所害怕的，
其實是最愚蠢的東西！

工作的時候工作，
玩樂的時候玩樂，
但每天都應該工作和玩樂！

忙碌的甲蟲

甲蟲好忙、好忙啊，
用他們的小腳挖呀挖。
像烏龜一樣慢慢的工作，
在院子的泥土裡建造自己的房舍。
但是甲蟲一點一點做，盡心又盡力，
他們一直努力，怎麼也不放棄。
等到工作終於完成了，
他們就有時間一起玩樂！

網上的蜘蛛

你在森林中停下來，尖叫驚嚇，
因為有東西黏在你的臉頰。
你差點把蜘蛛網弄破哩。
哎呀！好噁心！你倒抽一口氣，不敢呼吸。
不過就在你準備逃走前，
有樣東西讓你忍不住停下來看一看。
好像有許多鑽石在你眼前晃啊晃，
懸掛在明亮的月光中閃閃發亮。
一張銀灰色的、閃亮亮網，
誰曉得你會那樣撞見一張蜘蛛網？
那是一隻蜘蛛的偉大傑作，
現在是不是很慶幸自己沒有逃走呢？

美麗的事物常常在
意想不到的地方出現。
隨時睜大眼睛
就能看見驚喜。

了不起的蝙蝠

蝙蝠就算眼睛看不見，
飛行時也不會撞到樹幹，
他不會闖進你家的房屋。
他不只是一隻會飛的老鼠，
他雖然沒有視力，卻一點不驚慌，
因為他知道自己的聽力有多強。
他其實不需要看得見的眼睛，
因為他已經學會仔細的聽。

成為一個好聽眾，
總會幫助你找到
自己的路。

薄霧中的天鵝

薄霧中，我看見一隻天鵝，
只有她，朋友們都離開了。
落單的感覺一定很傷悲，
只能自己輕輕的划水。
可是，我看見她露出一抹微笑，
她只想獨自在那裡繞啊繞，
有時間思考，也能休息片刻，
她最喜歡這個特別的時刻。

和家人朋友相處
的時光很歡樂，
但自己一個人的時間
也能很特別。

蟋蟀搖籃曲

我們常常只用眼睛觀察探究，
就像我們閱讀圖畫書的時候。
但如果我們能用耳朵來偵測，
就會發現生命比你想的要複雜許多。
像夜晚的草原看起來漆黑又空洞，
我們的眼睛在那裡完全沒有作用。
可是耳朵能聽見眼睛看不見的東西，
我們聽見蟋蟀在草叢中唱的搖籃曲。

偶爾閉上雙眼仔細聽，
或許能「看見」新奇的事物。

嗒ㄉㄚˊ 嗒ㄉㄚˊ 嗒ㄉㄚˊ

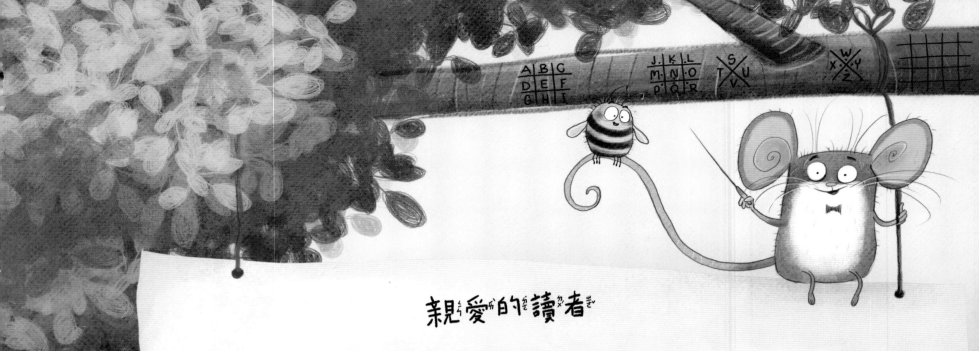

親愛的讀者

　　早在我創作故事以前……我就開始創作音樂了。

　　我父母都是音樂家和老師，我也從小學習古典鋼琴，在教會詩班裡唱歌，也欣賞過數不清的音樂會。對童年的我來說，音樂就像一座神祕的殿堂，在受挫時撫平我的心，在孤單時成為值得信任的朋友，也在高興時幫助我表達內心的喜悅。最棒的是，音樂更啟發了我的創造力和想像力。即使現在，我仍會每天彈琴——尤其是在我完成一整天漫長的寫作後。

　　音樂就像說故事，「動物狂想曲」中的管絃樂樂曲（結合了書中的詩與圖），一起合作（勉強稱得上像個密碼）說故事，並且呈現出動物性格中好玩和有趣的那一面。如果你仔細聽，就能發現藏身在音樂中的每一種動物。更棒的是，書中的每隻動物都會和你分享一個簡單的道理……這些有趣的「生命祕訣」能在你成長道路提供協助。

　　希望你在體驗動物狂想曲的過程中感受到滿滿的樂趣，正如我在創作它的時候一樣。

D.B. age 3

ᗡᒋᒋᒣᐯ ᐸᐯᐱᒋᐸ ᐯᒍᗡᒋᒌ ᒋᐸᒋᒍᒣ ᒋᐳᐯᗡᗡ

誠心祝福

丹・布朗